ODE

SVR
LES CONQVESTES
DV ROY
EN FLANDRE.

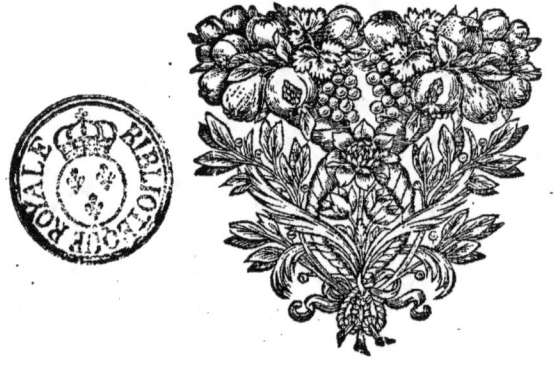

A PARIS,

De l'Imprimerie d'E D M E M A R T I N , ruë S. Iacques,
au Soleil d'or.

M. DC. LXVII.

AVEC PERMISSION.

ODE
SVR LES CONQVESTES
DV ROY
EN FLANDRE.

ANS vn fameux valon, cheri de la Nature,
Qu'elle a par tout semé d'appas delicieux
Pour le rendre à jamais la demeure des Dieux,
Est vn Temple eternel d'admirable structure.
Là dans vne pompeuse, & sainte majesté,
Parmi la solitude, & la tranquilité,
Qui d'vn si beau sejour bannissent le tumulte,
Les neuf savantes Sœurs ont leurs sacrez autels,
Et de tous les humains amoureux de leur culte
Y reçoivent l'honneur qu'on doit aux Immortels.

A ij

Mais là, souvent en vain, les hommes les implorent ;
De tant de vœux divers, qui leur sont adréssez,
Tous ceux, qui sont ouïs ne sont pas exaucez ;
Les Muses n'aiment pas tous ceux qui les adorent.
Pour obtenir l'ardeur de leurs celestes feux,
Et leur faire agreer nostre encens, & nos vœux,
Il faut estre introduit de la main du Genie.
C'est luy, dont le soustien fonde nostre bonheur,
Et qui de nostre voix consacrant l'harmonie
Nous mene de leur Temple au Temple de l'Honneur.

Les aimables appas d'vn brillant païsage
Bordent de tous costez le sacré Bastiment.
De mille clairs ruisseaux on voit le cours charmant,
De mille oiseaux savans on entend le ramage.
Les Arbres de leurs fruits richement couronnez,
Triomphent des saisons, dans ces champs fortunez
Que le Ciel amoureux soigneusement arrose ;
Et malgré les hyvers on voit par tout fleurir
L'Anemone, l'Oeillet, la Tulippe, & la Rose,
Que le temps destructeur ne peut faire mourir.

Du Temple fans pareil les longues avenuës
Offrent aux yeux furpris de leur vafte grandeur,
Des Palmes, des Lauriers, d'immortelle verdeur,
Et des Cedres hautains, qui montent jufqu'aux nuës.
Quatre fuperbes rangs avec ordre plantez
De leur épais feüillage étalent les beautez,
Adouciffent l'excés de l'ardente lumiere,
Et lors que le Soleil plus vivement reluit,
Repouffant les rayons, qu'il lance en fa carriere,
Font vn meflange heureux du Iour & de la Nuit.

C'eft dans ce fameux Temple, où par vn jufte zele
Daphnis alla prier ces doctes Deïtez,
Pour chanter les exploits fi juftement vantez,
Dont LOVIS a rempli fon Hiftoire immortelle.
Celeftes Sœurs, dit-il, faintes filles des Dieux,
Que les favans humains adorent en ces lieux,
C'eft vous, qui des grands Roys confervez la memoire,
Qui vengez la vertu des injures du Sort,
Qui donnez aux vainqueurs le prix de leur victoire,
Et par qui les Mortels triomphent de la Mort.

A iij

Vous savez, qu'vn Heros, qui cherit vos Mysteres,
De la Valeur sublime a remporté le prix,
Et merite aujourd'huy d'occuper les esprits
Que vous daignez conduire en vos bois solitaires.
Aprés ces jours heureux, où l'Escaut & la Lys
L'ont vû combattre, & vaincre, à la gloire des Lis,
Si je n'offrois ma voix à son Triomphe auguste,
Vn si honteux oubli me rendroit criminel;
Et mon devoir contraire à ce silence injuste,
Feroit rougir mon nom d'vn reproche eternel.

Daignez donc m'inspirer vne force nouvelle,
Qui joigne la Fureur avec le Jugement,
Et par qui mon esprit fournisse heureusement
Aux penibles travaux où mon desir m'appelle.
Faites que pour bien suivre, en son illustre cours,
Le Soleil de la France, & l'Astre de nos jours,
Je reçoive vn rayon du feu, qui vous anime;
Et que fortifié de vostre heureux appuy,
Je chante ce grand Roy, d'vn air noble, & sublime,
Qui soit digne de vous, qui soit digne de luy.

Daphnis alors ouït vne voix claire & forte,
Qui vint par ſa réponſe exaucer ſon deſir,
Et le comblant de crainte autant que de plaiſir,
D'vn ton majeſtueux luy parla de la ſorte.
Mortel, qui veux loüer ce Monarque vaillant,
Qui joüiſſant d'vn nom ſi vaſte, & ſi brillant,
Au faiſte de l'honneur voit ſa vertu montée,
La gloire de LOVIS ne doit jamais finir,
Et les vers fortunez, où tu l'auras chantée,
Arriveront par elle aux ſiecles à venir.

Quand Daphnis avec joye eut reçû cét Oracle,
Il voulut contenter ſon deſir curieux ;
Les Ornemens du Temple expoſent à ſes yeux
Les diverſes beautez d'vn merveilleux ſpectacle.
Il y voit éclater les plus grands des Humains,
Dont les tableaux tracez par de divines mains,
Parent les murs pompeux de peintures ſavantes ;
Et par leurs nobles traits ces Miracles de l'Art,
Des plus fameux guerriers les Images vivantes,
Attirent tour à tour ſon avide regard.

Hercule. *Il y voit ce Heros armé de la maſſuë,*
Qui d'vne main fatale a toûjours combattu,
Et de tant de perils offerts à ſa vertu,
Par ſes travaux conſtans, a ſu trouver l'iſſuë.
Theſée. *Il y voit ce Vainqueur, dont le courage heureux*
Surmonta les hazards du Labyrinte affreux,
Qui d'vn ſecond Hercule eut le nom memorable,
Et qui du grand Alcide illuſtre imitateur,
Vengeant les Nations, par ſa force indomtable,
Fit adorer aux Grecs ſon bras liberateur.

Iaſon. *Il voit ce Demidieu, qui d'vne ame intrepide,*
Malgré mille dangers conquit la Toiſon d'or,
Et pour aller ravir vn ſi fatal threſor,
Brava des flots mutins l'inconſtance perfide.
Les Heros du ſiege de Troye. *Il voit tous ces hardis & fameux Combattans,*
Qui firent à l'envy tant d'exploits éclatans,
Pour le fort d'vne ville enfin reduite en cendre;
Et dont le cœur ſi ferme au milieu des hazards,
Voulut dans vn long ſiege attaquer ou deffendre
Du celebre Ilion les ſuperbes rempars.

Il

Il découvre en ſon rang ce Monarque invincible, *Alexandre.*
Qui ravit l'Orient au Perſe imperieux,
Et s'ouvrant juſqu'au Gange vn chemin glórieux,
Aſſujetit l'Aſie à ſa valeur terrible.
Il découvre l'auguſte, & celebre Romain, *Ceſar.*
Vainqueur des Nations de la Seine, & du Rhein,
Qui fit eraindre ſon bras ſur la terre & ſur l'onde,
Fit ceder ſes rivaux à ſa bouïllante ardeur,
Soûmit à ſon pouvoir la Maiſtreſſe du Monde,
Et des fameux Ceſars établit la grandeur.

Parmi tant de Guerriers, que l'Vnivers admire,
Il remarque ce Roy, qui vainquit les Lombards, *Charlemague.*
Qui contre les Saxons porta ſes étendards,
Et joignit à nos Lys la Pourpre de l'Empire.
Il remarque ce Prince, exemple de vertú, *Saint Louis.*
Qui ſouffrant le malheur ſans en eſtre abbatu,
Tint toûjours ſa grande ame en vne égale aßiette;
Fit aux champs Africains des exploits infinis,
Par ſa force heroïque aſſervit Damiete,
Et fut meſme en mourant le vainqueur de Thunis.

B

'Enfin tous les Heros, dont la Fable, & l'Hiſtoire,
Dans leurs âges divers tirent leur ornement,
Par de ſavans pinceaux dépeints fidellement,
A Daphnis étonné font montre de leur gloire.
L'vne des doctes Sœurs, d'vn ſoin officieux,
Sous les vives couleurs des tableaux precieux,
A ſes regards douteux les faiſoit reconnoiſtre;
Mais elle ne dit rien à ce Mortel charmé,
Lors qu'au gré de ſes vœux, il vit ſoudain paroiſtre
Du Monarque François vn portrait animé.

Autour de ſon Image, il voit auſſi tracées
De cét auguſte Roy les nobles actions,
Qui font briller ſa gloire aux yeux des Nations,
Et de tous les Mortels occupent les penſées.
Pour comble de merveille, il voit repreſenteZ
Les faits, par qui ſon bras, a les Flamans domteZ;
Les Filles de Memoire en propoſent l'exemple,
Et leur Art plus puiſſant, que les travaux humains,
Ornent de ſes exploits leur magnifique Temple,
Dés qu'ils ſont accomplis par ſes vaillantes mains.

Là paroissent Tournay, Doüay, Lisle, Oudenarde,
Qui contraints de ceder à son illustre cœur,
Du haut de leurs rempars ont veû que ce Vainqueur
Aux plus affreux perils sans crainte se hazarde.
Il entre dans leurs murs à ses loix asservis,
Avec ses Combattans, precedez, & suivis
D'vne pompe éclatante, & d'vn bruit militaire;
Et les peuples en foule, à l'envy l'admirant,
Contemplent dans ses yeux vn feu qui les éclaire,
Et fait mesme aux vaincus aimer ce Conquerant.

Daphnis en le voyant, avec transport s'écrie,
Muse, voilà ce Roy, le plus grand des Guerriers,
Qui vient de moissonner tant de riches lauriers,
Et qui fait triompher mon illustre Patrie.
Voilà ce Demidieu, que dans le saint valon,
Par d'infinis concerts, où preside Apollon
Avec toutes tes Sœurs, sans cesse tu renommes.
Il soûmet à son nom, & la Terre, & les Flots :
Et comme les Heros sont les plus grands des Hommes,
LOVIS est aujourd'huy le plus grand des Heros.

Admirable Cité, riche & superbe Lisle,
Dont le Peuple nombreux, par un soin vigilant,
Attire les doux fruits du commerce opulent,
Qui banni loin d'Anvers, trouve en toy son asyle.
Enfin voici le temps, que ton Sort fortuné,
De cent nouveaux honneurs à jamais couronné,
Fera par tout fleurir les Arts où tu t'exerces.
Tu vas porter ta gloire au bout de l'Vnivers,
Lier à ton destin cent Provinces diverses,
Et remplir de ton nom les Terres, & les Mers.

Aime des Lis brillans la gloire florissante,
Porte leur étendard sur les champs écumeux,
Respan de toutes parts ton commerce fameux,
Et jouïs du bonheur que LOVIS te presente.
Mesprise à l'avenir les belliqueux hazards,
Si jamais vne armée attaque tes remparts,
Pour te ravir l'appuy que te donne la France;
Ton genereux Vainqueur ira te secourir,
Et ne fera pas moins pour ta propre deffense,
Qu'il a fait pour te vaincre, & pour te conquerir.

Quelle est ton esperance, Espagne infortunée,
Qui par l'aveugle choix d'vn injuste conseil,
Attires contre toy ce terrible appareil,
Et fais par tout trembler ta triste destinée ?
Souvien-toy, que LOVIS, *par son vaste pouvoir*
A sû ranger ton Prince aux bornes du devoir,
De la grandeur des Lis garder les nobles marques,
D'vn Sceptre sans égal maintenir tous les droits,
Se conserver le rang de Premier des Monarques,
Et faire la loy mesme aux Arbitres des Loix.

Regarde avec terreur tes troupes fugitives,
Qui pour luy resister ont fait de vains efforts,
Qui remplissent les champs de blessez, & de morts,
Et laissent en ses mains leurs enseignes captives.
Il sait tous les secrets du plus noble des Arts,
Et pour mettre en ses fers ces victimes de Mars,
Entre ses divers corps il les a renfermées.
Il instruit les Guerriers comme les Potentats,
Et cét auguste Chef commande ses armées,
D'vn ordre aussi prudent, qu'il regit ses Estats.

B iij

La fidelle Victoire appuyant ses conquestes,
T'accable maintenant de honte & de douleur,
Et par les traits mortels de sa haute valeur,
Fera tomber sur toy de nouvelles tempestes.
Par quel étrange excés ton cœur ambitieux,
Pretend-il d'vsurper malgré l'ordre des Cieux,
D'vn hymen si sacré le droit si légitime?
Forme enfin vn dessein à la raison soûmis,
Et redoutant le cœur de ce Roy magnanime,
Pour n'irriter plus Mars, n'offense plus Themis.

O divine Themis, vous voyez que la France
Jouït d'vn regne juste, ainsi que triomphant;
Vous voyez que LOVIS vous venge, & vous deffend,
Et consacre à vos loix sa royale puissance.
Dissipez, cét amas d'artifices cachez,
Par qui les Espagnols à la ruse attachez
Donnent de ses progrez mille vaines allarmes;
Monstrez, que vostre injure allume son courroux,
Que par vos seuls conseils son bras a pris les armes,
Et loin de vous combattre a combattu pour vous.

Et toy prompte Courriere, ardente Renommée,
Qui preferes ce Prince aux plus illuſtres Rois,
Qui chantes ſon grand Nom d'vne éclatante voix,
Et par ſes actions es toûjours animée,
Redouble ton ardeur, va, cours, vole en tous lieux,
Que de ſes nouveaux faits l'éclat victorieux
S'éleve juſqu'au Ciel, & rempliſſe la Terre,
Et que pour celebrer ce Heros ſans pareil,
Ton bruit ſoit auſſi grand que le bruit du Tonnerre,
Et ton cours auſſi long que le cours du Soleil.

Quand Daphnis enflammé d'vne fureur ſubite
Eut prononcé ces vers avec rapidité,
Il ne ſent plus ſon cœur par la crainte agité,
Et redouble les vœux, où ſon zéle l'excite.
Déja pour rendre hommage aux exploits de LOVIS,
Il tarde à ſes deſirs par l'eſpoir réjoüis,
De monter à grands pas ſur le mont de Parnaſſe.
La Muſe favorable augmente ſon ſecours,
Et pour le confirmer dans cette noble audace,
Le regarde en riant, & luy tient ce diſcours.

Reconnoy le pouvoir des Nymphes du Permeſſe,
Et pour chanter les Faits de ton auguſte Roy,
Profite de l'ardeur qu'a déja mis en toy
Dè l'Oracle ſacré la divine promeſſe.
Entre toutes mes Sœurs je veux bien me charger
Du ſoin laborieux où tu vas t'engager;
Je te promets, Daphnis, ma faveur neceſſaire.
Rehauſſe deſormais ton eſprit & ton cœur,
Celebre ton Monarque, & ſi tu veux me plaire,
Ne m'appelle jamais qu'au nom de ce Vainqueur.

CASSAGNES.

www.ingramcontent.com/pod-product-compliance
Lightning Source LLC
Chambersburg PA
CBHW061434170626
46811CB00005B/2262